献给弗里茨、比约恩、皮特、约翰、吉米、萨尔瓦多尔、
卡婷卡、弗朗索瓦、玛利亚和林鹏。

我想要不一样
Wo Xiang Yao Bu Yiyang

出 品 人：柳　漾
编辑总监：周　英
项目主管：石诗瑶
责任编辑：陈诗艺
助理编辑：马　玲
责任美编：潘丽芬
责任技编：李春林

Der Superhase

Text and Illustrations Copyright © 1978, 2004 by Beltz & Gelberg in der Verlagsgruppe Beltz, Weinheim Basel

Simplified Chinese edition copyright © 2017 by Guangxi Normal University Press Group Co., Ltd.

This edition arranged with Beltz & Gelberg through Beijing Star Media.

All rights reserved.

著作权合同登记号桂图登字：20-2015-069 号

图书在版编目（CIP）数据

我想要不一样／（德）赫姆·海恩著绘；喻之晓译. 一桂林：广西师范大学出版社，2017.10
（魔法象. 图画书王国）

书名原文：Der Superhase

ISBN 978-7-5598-0172-2

Ⅰ . ①我… Ⅱ . ①赫…②喻… Ⅲ . ①儿童故事 – 图画故事 – 德国 – 现代 Ⅳ . ① I516.85

中国版本图书馆 CIP 数据核字（2017）第 206245 号

广西师范大学出版社出版发行

（广西桂林市中华路 22 号　邮政编码：541001）
（网址：http://www.bbtpress.com）

出版人：张 艺兵

全国新华书店经销

北京盛通印刷股份有限公司印刷

（北京经济技术开发区经海三路 18 号　邮政编码：100176）

开本：889 mm × 1 194 mm　1/16

印张：2　　插页：8　　字数：19 千字

2017 年 10 月第 1 版　2017 年 10 月第 1 次印刷

定价：36.80 元

我想要不一样

〔德〕赫姆·海恩／著·绘　　喻之晓／译

GUANGXI NORMAL UNIVERSITY PRESS
广西师范大学出版社
·桂林·

　　汉斯·嘎啦嘎啦躺在草地上胡思乱想："云彩从哪儿来，要飞到哪儿去？长在黑土地里的胡萝卜是怎么变红的？为什么兔子长得都一样？"

　　"唉，兔子的耳朵这么长，一辈子却这么短。"汉斯·嘎啦嘎啦感叹道。到底怎么做才能出名呢？这是他想得最多的问题。

　　"出名后，就跟别的兔子不一样了。啊，只要跟别的兔子不一样，就能出名！"汉斯·嘎啦嘎啦下定决心——他要做一只不一样的兔子！

第二天早上，别的兔子都在闷头挖胡萝卜，只有汉斯·嘎啦嘎啦在摘蒲公英，还大声唱歌。

兔子们惊讶地看着他，交头接耳："汉斯·嘎啦嘎啦没毛病吧？他真是个疯子！"

"也许他吃几根胡萝卜就正常了。"他们想。

可是，当他们把胡萝卜递给汉斯·嘎啦嘎啦时，他竟然倒立着啃起来，还一边做斗鸡眼。

"真是不可思议！"几只兔子叫起来，他们从没见过这样的兔子。

"看来我的办法很管用。"汉斯·嘎啦嘎啦心想，"我就要出名了！"

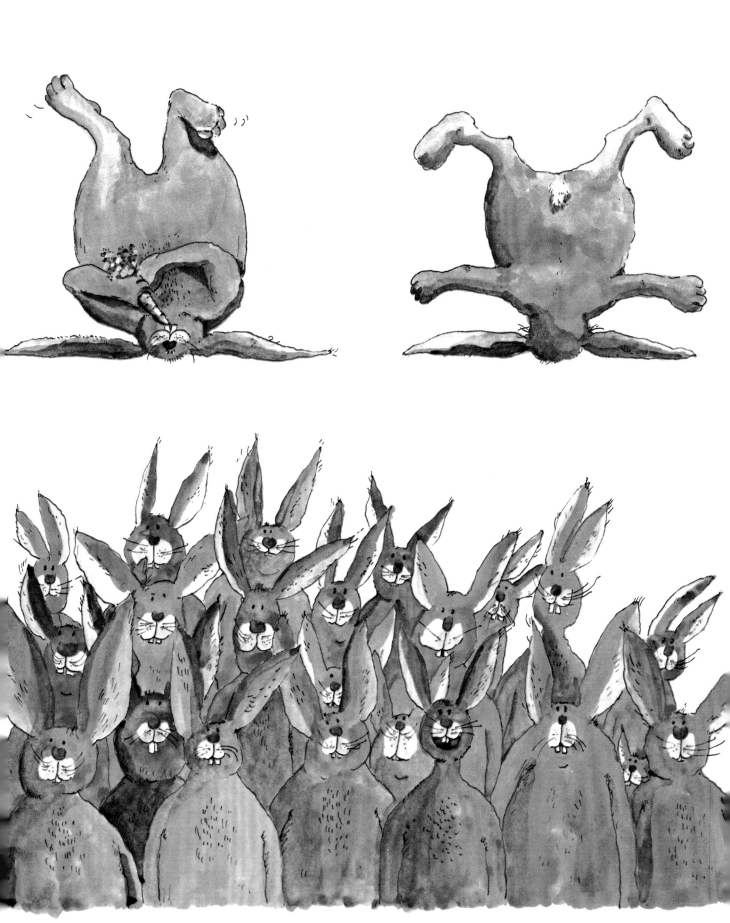

接着，他大声
宣布："我会游泳！"

好奇的兔子们跟着
他来到了磨坊后面的池
塘边。汉斯·嘎啦嘎啦
慢吞吞地爬上水车，昂首
挺胸地站起来，大喊："我是一
只鸭子！"说完，"扑通"一声
跳进水里。大家惊讶地
屏住了呼吸，看
着他像一块石头
似的沉入水底。

汉斯·嘎啦嘎啦根本不会游泳，幸好有一股水流把他推到了岸上。他足足喝了半池塘的水，好在没出什么大问题，只是上岸之前的事情一点儿也记不起来了。

　　兔子们排成一队抬着他，庆祝会游泳的兔子汉斯·嘎啦嘎啦凯旋。他成了英雄。

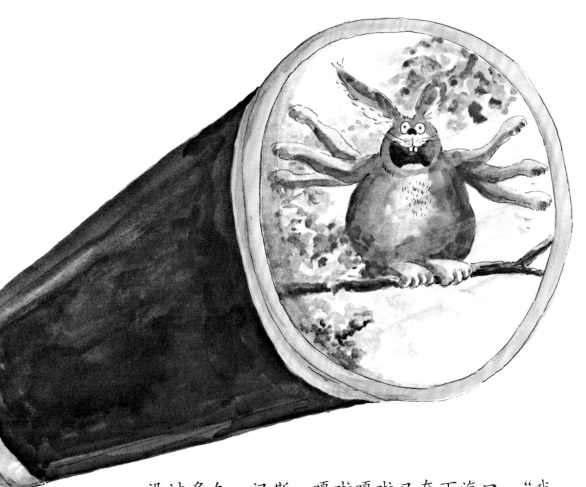

　　没过多久，汉斯·嘎啦嘎啦又夸下海口："我还会飞呢！"说完，他大摇大摆地走向最近的一棵树，开始往上爬。眼看着他越爬越高，兔子们紧张得忘了呼吸。

　　最后，汉斯·嘎啦嘎啦在一根高高的树枝上蹲了下来，他使劲地挥动胳膊，喊道："我是一只猫头鹰！"

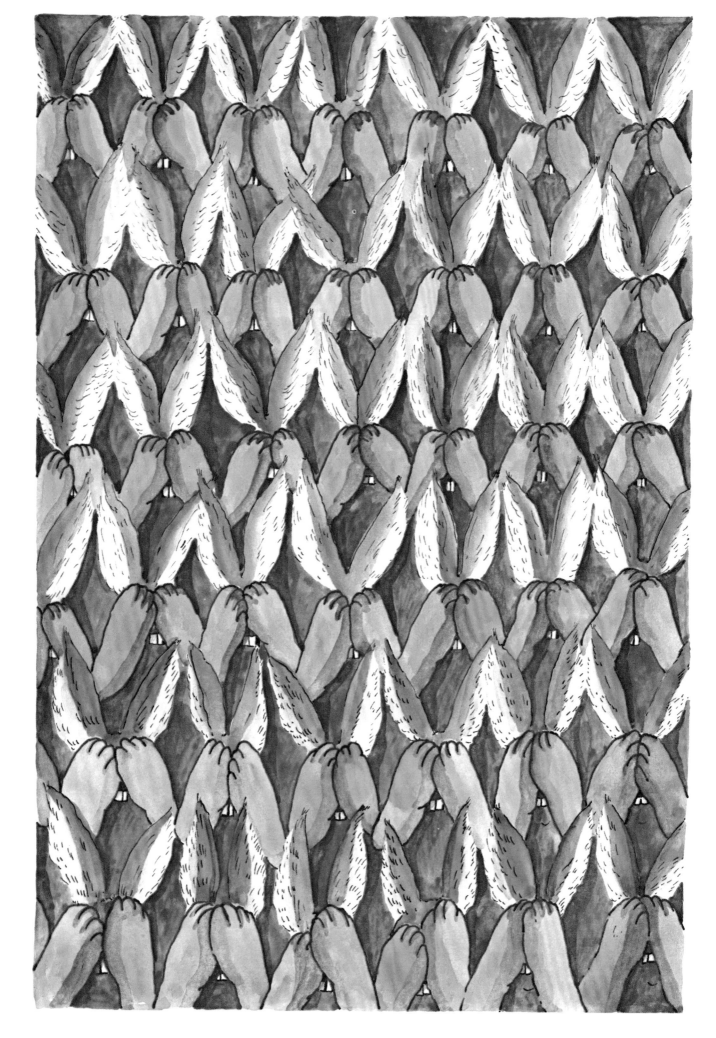

说完，他纵身一跳……

兔子们吓得尖叫，飞快地用手捂住眼睛。

　　他们呆呆地站在那儿，一动不动，直到听见脚步声才偷偷地从指缝往外看——天啊，汉斯·嘎啦嘎啦竟然活蹦乱跳地出现在他们面前！

　　"他能像鸟一样飞！"他们惊叫起来，因为没人看见汉斯·嘎啦嘎啦落在了一片柔软的苔藓上。

消息很快就传开了——汉斯·嘎啦嘎啦是一只特别的兔子，既会游泳又会飞。他是一只超级兔子！

　　谁不想成为一只超级兔子呢？谁不想既会游泳又会飞呢？很快，许多兔子开始模仿汉斯·嘎啦嘎啦。

　　没几天，钓鱼的人惊讶地发现，能从磨坊后面的池塘里钓到淹死的兔子。

　　猎人们发现，在树下经常能捡到摔断了脖子的兔子。

　　报纸开始报道这些离奇的兔子死亡事件。

汉斯·嘎啦嘎啦这下真的出名了！他把耳朵打起大大的结，好让大家都能认出他来。

不过，他听不见了。这又有什么关系呢？再说，哪个耳朵打了结的兔子还会在意周围的声音？

　　狐狸也是这么想的。当天晚上，他一口把著名的汉斯·嘎啦嘎啦吞进了肚子里。不过，他觉得汉斯·嘎啦嘎啦尝起来跟别的兔子没什么两样。

在公园里一块绿油油的草坪上，兔子们给汉斯·嘎啦嘎啦立了一座纪念碑，上面刻着一行字：他会倒立、游泳，还会飞！

乌龟一家
去看海

导读

接力出版社
Publishing House
全国百佳图书出版单位
Top 100 Publishing Houses in China

一本有学养的图画书

著名儿童文学作家、画家，国际安徒生奖儿童插图提名奖获得者　王晓明

好图画书是用学养做出来的。

了解一些图画书基本知识的读者都知道，在图画书中，插图与文字是以"一个故事，两种表述"的方式共生的，它们共同传递着人类审美精神的火炬。

因此，图画书的文字需要体现一种结构上的智慧、一种语言的美和一种新鲜的思想；而插图则应该体现一种隐约可见的历史印痕、一种善意的技巧和一种匠师的慧心。

《乌龟一家去看海》不仅仅讲述了一个温暖而又充满坚毅精神的远行故事，向读者展示了大海的宏大与瑰丽，它还引入了认识论的一些启蒙观念。

让布来讲故事

——《乌龟一家去看海》创作手记

张　宁

很多人都问我：你为什么选择用布料来创作图画书?

其实，布料和画笔、黏土、纸张、金属等其他材料并没有什么本质上的不同，选择用什么方式来创作，只是创作者的个人选择。

就我自身来说，我选择布艺的一个很重要的原因是，五六岁时那第一次绣花的经历，那也是我一生中最重要的一次美术实践。当时，中国还处于物资十分匮乏的年代，小孩子的衣服都是由妈妈或者奶奶、姥姥自个儿缝制的。当时还很年幼的我，看到妈妈在绣花，吵着也要绣，妈妈答应让我试一试，结果我第一次绣就绣出了不错的成果。这个事实给了当时的我不小的信心。也许就是从那时起，我开始懂得，用针线也可以做出很好看的图案。

布艺属于工艺美术的类别，虽然现在很多学校和儿童美术教育机构都有工艺美术的课程，但在几十年前，我们却很难想象这种繁荣景象。在我记忆中，我第一次知道工艺美术的概念，见到工艺美术的书籍，已是十三四岁的年纪了。直到现在我还清楚地记得，当时在北京的书店里买到那本小方本《实用美术》期刊时的欣喜。

到了中学时代，属于自己的时间变得很少，但我还是从一本在天津买到的小书中，学到了手工制作梭织布料的

关于艺术的辛劳，叶芝曾在诗中这样写道：只要出自美的念头／辛劳本身就是开花／就是舞蹈／就是乍现轻盈的远航风帆。

这种平稳、细致、辛劳的绘画风范，也暗合了把图画书与住宅、汽车一起作为标配的那个庞大的中产阶级群体的审美消费倾向。这个群体对艺术作品有形式典雅、制作精致、具有雅文化特征的要求。

自然，这种暗合也不是泛泛的一句"童心童趣"能解释的，这又是作者学养的体现。

作者还曾提到，自儿子出生后，她便开始关注并创作童书。

这也是当下一部分创作群体的典型经历：她们有良好的教育背景，但未必与童书有关；她们接受过严酷的应试教育，对自己的孩子也将重蹈覆辙早有思想准备。但她们无论如何也要在自己的孩子扑进考场、职场、市场的惊涛骇浪之前，为孩子留下一叶有爱栖息的方舟。

由于她们的教育背景，她们几乎无师自通地就认识到，图画书是人类美好情怀的最后方舟。

于是，她们选择了图画书作为事业的新方向，张宁就是其中之一。

于是，以几十年学养为底色，运用母亲目光一般柔和的善意技法，配以辛劳且有慧心的制作，一本优秀的图画书《乌龟一家去看海》出现了。

四十年前，出于同样的理由，我和我太太曾经一起做过刺绣图画书和蜡染图画书。今日，看到张宁创作的综合了刺绣、扎染、缬染工艺的图画书新作出现，我欣喜万分，如夕阳见到新月那般欣喜。

所以我喜欢这本书。

古典认识论认为世界是可知的，但每个主体都会以不同的方式观察并解释世界。乌龟一家在远行途中遇到了许多动物，它们都用自己的经验为乌龟一家解说了路途的远近与大海的景色。它们的说法五花八门，但又和它们自身的经验与认识相契合。而最终，乌龟一家还是以自身"行""知"合一的旅行，使自己的感性经验与理性经验结合起来，完成了对大海的新认识，也使我们跟随它们一起，进行了一场认识论意义上的启蒙旅行。

这在图画书中是不多见的，传达出了一种新鲜的思想。

这种结构出现在本书中，显然不是"童心"所能为之，也极可能不是作者刻意为之，而是作者长期积累的学养之不经意间的流露。

这本书的作者在个人创作手记中写道，她自小就喜欢刺绣，稍大又喜欢上了梭织和传统印染工艺，而后加入了《汉声》杂志团队。我对这份杂志了解不多，但我欣赏它的风格，并佩服它在探索和发掘民间文化方面做出的大贡献。无疑，在这份杂志的工作经历，极大影响了作者的审美经验，她选择将布艺材料以及扎染等工艺应用于插图制作，也绝非出于偶然，而是作者自身学养积累的呈现。

因此，这本书的插图就不只是"一种隐约可见的历史印痕"，它更是创造了一种既现代又传统的插图新样式，让我们的目光直接徜徉于民族风的典雅里，并将文化的历史记忆刻入了为孩子而作的图画中。

若我们仔细看去，这布艺插图的针脚十分精细，如果把针脚当作绘画笔触去评论，我们可以肯定地说，这是平稳、细致、辛劳的笔触。

方法，并花了半个暑假的时间，用毛线和渔民织网用的梭子织成了一件短上衣。

至于服装裁剪以及蜡染、扎染的制作，那都是上大学以后才开始接触和学习的——尽管我大学学的是化学工程。当时购买材料不像现在这般便捷，那时连互联网都没有，更不要说"万能"的淘宝了。每次，我都要早上坐两个多小时的火车到另一个城市去买染料，下午再坐那趟返程慢车回到学校。

再后来，我有幸在汉声杂志社工作了一段时间。《汉声》杂志一直致力于记录民间文化和民间手工艺，在工作期间，我常常跟随团队下乡采访民间手工艺者，这些采访从文化艺术乃至思想上滋养了彼时的我。

我相信每个创作者与材料之间的联结，大多是由这样的小事情，一点一滴在各自的生命中变得清晰，而后又一点一滴融入到自己的创作中去的。

《乌龟一家去看海》正是如此。

在这本书里，我使用了许多碎布和大布。这些布料从材质上分，有棉、麻、丝和少量的化学纤维；从织造方法上分，有手工织造，也有机器织造；从染色工艺上分，有机器印花，有传统工艺染色，还有一些是我自己染制的。

在传统工艺染色的布料里，我使用最多的是蓝印花布（在工艺上，它属于我们传统染色里四缬里的灰缬，也就是刮浆染），乌龟爸爸的大花背壳就是用这种布料缝制的，我一看到它，就会想起当初采访过的南通王振兴老先生一家人，很亲切。

除此之外，我还用到了一些蜡染布、扎染布，以及一些夹染的布料。蜡染在古代被称为蜡缬，扎染则被称为绞缬。所谓绞缬，是用线扎缝布料后，再下染缸染色的。而夹染也称夹缬，曾在唐代十分盛行，它是先在木板上雕花，然后再用木板夹住布料，浸入染缸。那些被夹住的部分不会被染色，从而就能得到想要的花纹。

在《乌龟一家去看海》中，我就多次用到自己夹染出来的布料，比如第14—15页就用到了三种，记得其中一种还用到了卷寿司的那种竹帘子作为工具。虽然听起来好像很奇特，但其实做起来并不难，只要利用一些现代的简单工具，在木板上面开一些孔，然后夹住折好的布去染色就可以了。这样染出的布料，会呈现出一些有规律的花纹。

所有上面提到的这些布料，在《乌龟一家去看海》中都以贴布的形式大量存在，另外一些则以剪布的形式呈现。贴布很容易理解，就是用布来拼贴，而剪布则更像民间美术里的剪纸或版画，效果也很相似。比如，第28—29页，其原型就是尼泊尔的传统民间版画，我只是试着将它用剪布的手法呈现出来而已。

这些手法在中国传统服饰里也经常能够见到，在苗族、侗族、彝族等少数民族服饰里，则至今依然沿用。因此，每次看到那些工艺精美的民族服装，我都会赞叹其背后的那双创造美丽的神奇之手，都会想到自己的"无"与"小"。

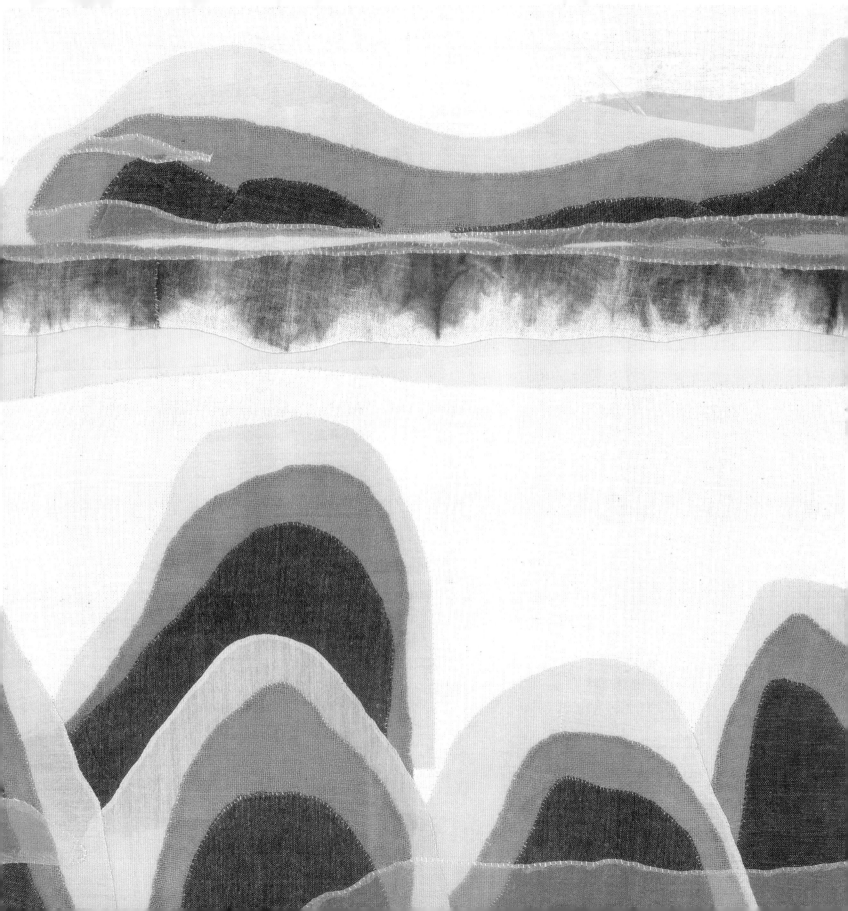

张宁，图画书作家，擅长以传统布艺的形式创作图画书。曾任汉声杂志社美术编辑，参与编辑《清明》《慈城·宁波年糕》《郭洞村》《俞源村》等书。当上妈妈后开始关注和创作图画书。

处女作《乌龟一家去看海》入选2018国际儿童读物联盟荣誉名单、入选2017年向全国青少年推荐百种优秀出版物，获第五届丰子恺儿童图画书奖佳作奖等。

图书在版编目（CIP）数据

乌龟一家去看海/张宁著．—南宁：接力出版社，2016.9
ISBN 978-7-5448-4518-2

Ⅰ.①乌…　Ⅱ.①张…　Ⅲ.①儿童故事-图画故事-中国-当代　Ⅳ.①I287.8

中国版本图书馆CIP数据核字（2016）第215399号

责任编辑：李明淑　　文字编辑：徐　超　　美术编辑：卢　强
责任校对：贾玲云　　责任监印：陈嘉智
社长：黄　俭　　总编辑：白　冰
出版发行：接力出版社　　社址：广西南宁市园湖南路9号　　邮编：530022
电话：010-65546561（发行部）　　传真：010-65545210（发行部）
http://www.jielibj.com　　E-mail：jieli@jielibook.com
经销：新华书店　　印制：北京盛通印刷股份有限公司
开本：787毫米×1092毫米　1/12　印张：4　字数：30千字
版次：2016年9月第1版　　印次：2018年6月第3次印刷
印数：22 001-32 000册　　定价：38.00元

乌龟一家 去看海

张 宁 著

 接力出版社
Publishing House

春天到了，小乌龟壳壳睡醒了。

"爸爸妈妈，快起来，我们说好春天要去看大海的！"

伸伸脖子，踢踢腿，乌龟一家出发去看大海。

喳喳喳……

一只小鸟站在树枝上："乌龟一家，你们要去哪里呀？"

壳壳抬起头说："我们要去看大海呀。你知道大海是什么样子的吗？"

小鸟说："知道呀，大海里有彩色的树林和好看的花朵，还有长翅膀的大鱼在水里面飞。我还和大鱼隔着海水比赛，看谁飞得快呢！"

壳壳又问："那你知道大海有多远吗？"

小鸟说："大海不远，飞上两天就到了。"

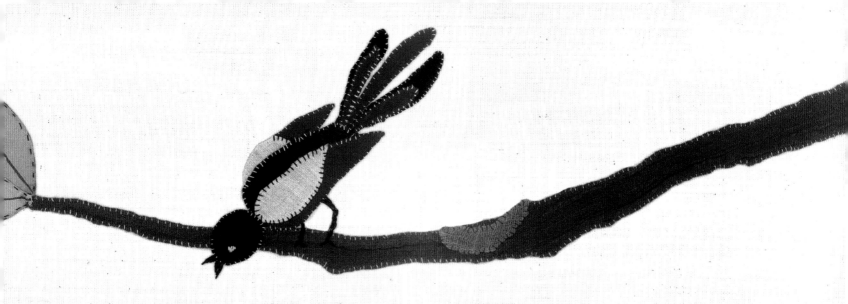
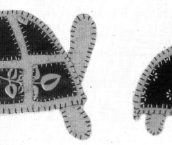

可是乌龟不会这个样子飞呀!

已经过了好几个两天了，还是没有
看到小鸟说的大海。

嗨哟，嗨哟……

一队小蚂蚁从前方走过来："乌龟一家，你们要去哪里呀？"

壳壳抢着说："我们要去看大海呀。你们知道大海有多远吗？"

领头的小蚂蚁回答："哦，大海呀，走过那片草地就到了。"

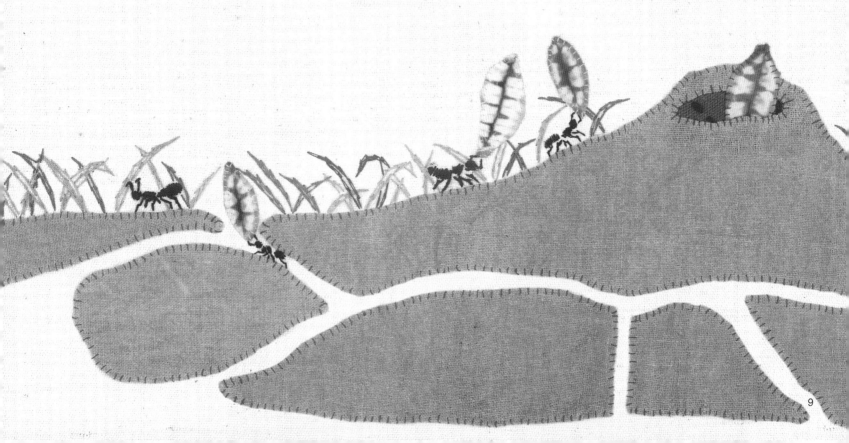

可是，那片草地的尽头是——一个池塘。原来，这就是小蚂蚁的"大海"。
乌龟一家又走过了好几片草地和好几个池塘，还是没有看到大海。

嗒嗒嗒……

一头毛驴从后面追了上来："乌龟一家，你们要去哪儿呀？"

壳壳说："我们要去看大海呀，你知道大海是什么样子吗？"

毛驴竖起两只长耳朵说："知道呀，大海里有害羞的大海怪，他会用长耳朵一样的尾巴拍打海水。"

壳壳又问："那你知道大海有多远吗？"

毛驴说："大海可不近，要跑上几天几夜才能到呢！"

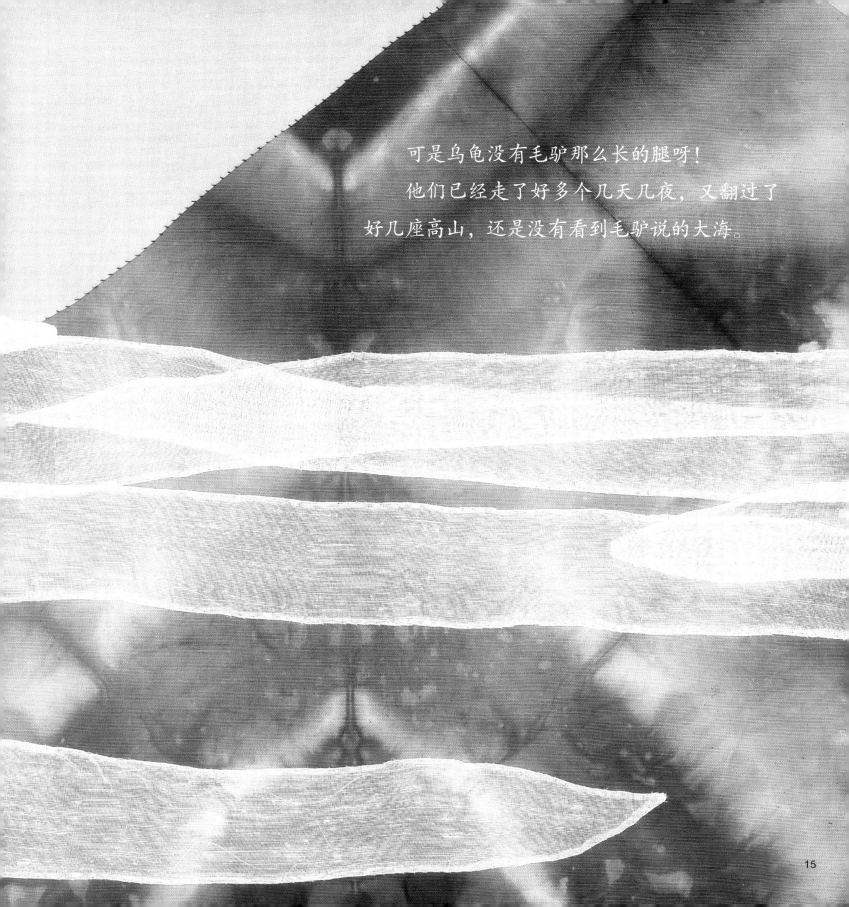

可是乌龟没有毛驴那么长的腿呀！
他们已经走了好多个几天几夜，又翻过了
好几座高山，还是没有看到毛驴说的大海。

15

壳壳走得有些累了："爸爸妈妈，我好想早点看到大海呀，可是大海还有多远呢？"

　　乌龟爸爸走到最前面说："大海有多远，只有去过了才知道啊。"

哗啦啦……

天上下起了大雨，道路变得又湿又滑。

乌龟一家躲进了自己的"小房子"里。

夏天到了，夜晚变得越来越热。

壳壳爬到爸爸妈妈的身上，对着月亮说："月亮婆婆，你站得最高，你能告诉我大海还有多远吗？"

壳壳不知道，月亮婆婆比大海还要远得多，她怎么能听到壳壳的问话呢？

路边的蒲公英问："乌龟一家，你们要去哪里呀？"

壳壳说："我们要去看大海呀。我们已经走了很久很久，你能告诉我大海还有多远吗？大海究竟是什么样子的呀？"

蒲公英的种子轻轻地飞了起来："大海不远了，等你们听到哗哗的海浪声就快到了。大海里有许多快乐的小伞兵，自由地漂来漂去。"

哗啦，哗啦……

是海浪声吗？噢，只是一条小河。

壳壳有点失望："小河，你跑得这么快，是要去哪里呀？"

小河欢快地说："我要去找大海妈妈呀。"

壳壳好高兴："我们也要去看大海，我们能和你一起去吗？"

小河说："那就一起出发吧！"

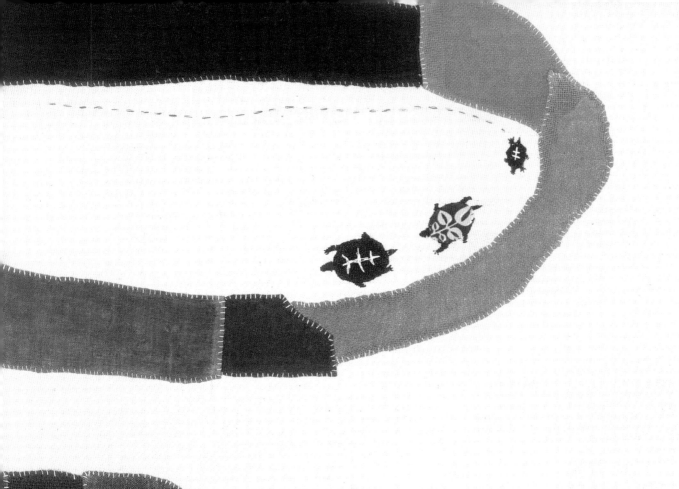

小河转了好多弯，
乌龟一家沿着小河走呀走……

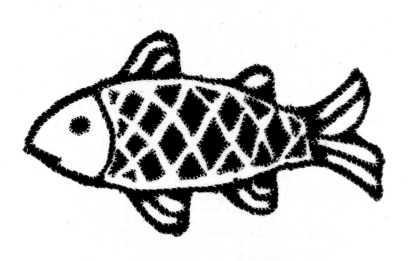

成群的小鱼逆流而上。

壳壳大声问小鱼："小鱼，小鱼，你们见过大海吗？你们知道大海还有多远吗？"

小鱼们齐声说：

"我们就是从大海里来的呀！大海不远了，等你们闻到咸咸的味道，就能看到了。"

哗——哗——

哗——哗——

"你们好，彩色的树林和好看的花朵！"壳壳开心地打招呼。

"我们不是树林，我们是珊瑚。"

"我们也不是花朵，我们是海葵。"

壳壳悄悄地说："珊瑚和海葵，让我躲在你们后面吧，我和爸爸妈妈在玩捉迷藏呢！"

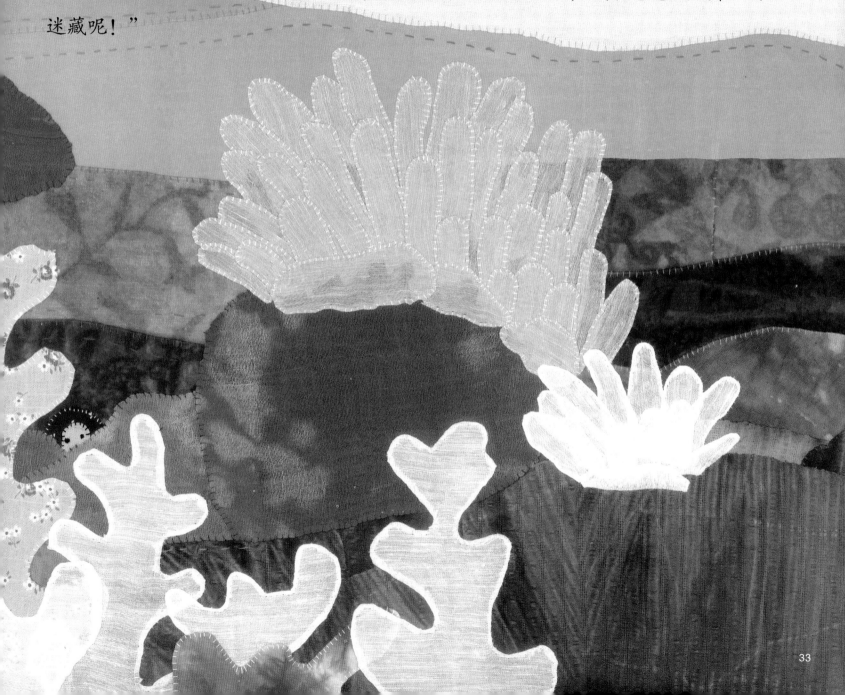

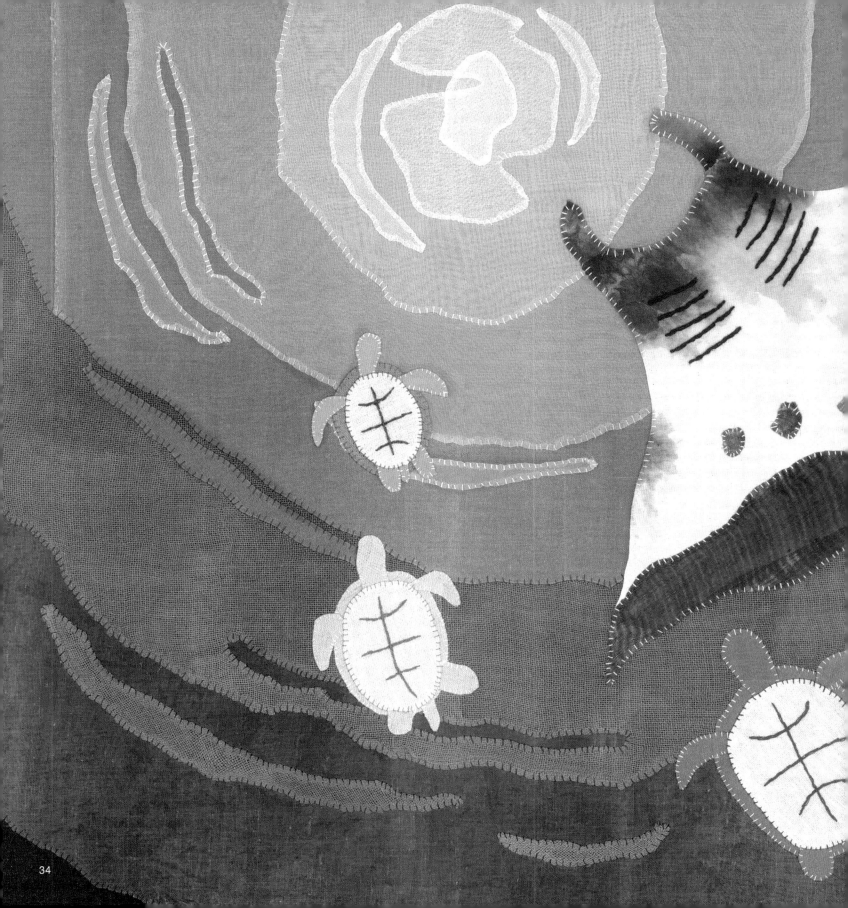

"快看！长翅膀的大鱼在水里面飞呢！"壳壳一边游一边欢呼。

　　大鱼说："你们好！我是鳐鱼，我扇动的不是翅膀，那是我的鱼鳍。小乌龟，你要和我比赛游泳吗？"

壳壳伸手打招呼："哇，好美呀！你们是会游泳的小伞兵吗？"

"小伞兵"赶忙回答："小乌龟，我们不是小伞兵，我们是水母。别碰我们飘带一样的触手，它们会蜇疼你的。"

哗啦啦……哗啦啦……

两条大"鱼"翻动起一大片海水。

壳壳大声问道："请问，你们是大海怪吗？"

大"鱼"回答道："我们不是海怪，我们是鲸。"

壳壳问小鲸："你们要去哪儿呀？"

"妈妈要带我去我出生的地方。"小鲸说完，用尾巴拍了拍海水，游走了。

海水好咸呀，壳壳开始想念家乡的味道了。

一只小螃蟹跟着壳壳上了海岸："小乌龟，你们是从哪儿来的呀？"

壳壳说："我们从很远的地方来，现在我要和爸爸妈妈回家了。小螃蟹，你要去看看我的家乡吗？"